叶邦宇 著

蓝，有两手

长江出版传媒　长江文艺出版社

图书在版编目（CIP）数据

蓝，有两手 / 叶邦宇著. -- 武汉：长江文艺出版社，2023.8
ISBN 978-7-5702-3122-5

Ⅰ. ①蓝… Ⅱ. ①叶… Ⅲ. ①诗集－中国－当代 Ⅳ. ①I227

中国国家版本馆CIP数据核字（2023）第070130号

蓝，有两手
LAN, YOU LIANG SHOU

| 责任编辑：胡　璇 | 责任校对：毛季慧 |
| 封面设计：大　卫 | 责任印制：邱　莉　　王光兴 |

出版：长江出版传媒　长江文艺出版社
地址：武汉市雄楚大街268号　　邮编：430070
发行：长江文艺出版社
http://www.cjlap.com
印刷：武汉市籍缘印刷厂

开本：640毫米×970毫米　1/16　印张：12.25
版次：2023年8月第1版　　2023年8月第1次印刷
行数：2923行

定价：48.00元

版权所有，盗版必究（举报电话：027—87679308　　87679310）
（图书出现印装问题，本社负责调换）

作者简介

叶邦宇,安徽太湖人,安徽省作家协会会员。有诗作发表于《诗刊》《星星》《诗歌月刊》《诗潮》《安徽文学》《青年文学》《四川文学》《上海文学》等刊。作品入选多种选本。著有诗集《倒影》。

目 录
contents

001　　蓝，有两手
002　　一念之间
004　　望　天
006　　天，罩着人间
008　　你发呆，就是给神自由
010　　潜　行
011　　一匹唐朝的马
012　　十二匹母马
014　　动物博物馆的鹰
015　　过　坎
016　　枪
017　　空　山
019　　静止的装饰
021　　山东炒货
022　　与一个朋友说
023　　戒　酒

025	一次在东门河坝闲游
027	没事,就望望天吧
029	在高速上开车
031	野地里
032	一块瓷片
033	秘　密
034	一个人倒着走
036	烧开水的人
037	原始森林
039	树桩的年轮,被斧头啄了一口
041	注定要在这个树桩上坐会儿
043	劈　柴
044	鸟　巢
046	鸟　鸣
048	书与鸟
051	想飞的树
053	山中偶遇

055　　　泊　湖

057　　　亚灌木

058　　　野　草

059　　　一片树叶的缘分

060　　　一枚枫叶

061　　　有一片松林，就是四季如春

063　　　老　屋

064　　　春花，我最喜欢兰

067　　　我的守园人

069　　　问谁见过一江春水愁

070　　　凝视铁钩上挂着的水滴

071　　　流　水

072　　　黄河上游

073　　　《伏尔加河上的纤夫》

074　　　坐下来听一条河流讲故事

076　　　长　河

078　　　在滨湖湿地公园，眺望巢湖

079	搁　浅
081	逝　者
082	倒　影
083	倒影，就是量子纠缠
084	磅　礴
085	雨　夜
086	雨　丝
087	梅雨天
088	一张旅途的旧照片
090	要说醉，我不如纸
092	我要……
094	草原上
096	穿皖南隧道
097	听夜风
098	我爱上了……
100	近
101	在我心情不好时

102　我想从背后抱你

104　你不来，我稳不住自己的心

105　有种美

106　突然想写一封这样的信

108　信

109　好色之徒

111　秋天疼出的苍茫

113　如今的秋天

114　孤　雁

115　午　夜

116　黄　昏

117　天蓝得让我想飞

118　月　光

119　什么是晚来天欲雪

120　雪

121　下雪了

123　我不敢堆雪人

125	深夜听雪
126	命
128	在路上
129	灯
131	我爱上的银针
132	夏天的树荫
134	乡村的雨
136	生死，也不过是两次手术
138	落叶归根
139	火　葬
140	手　心
142	穿　越
144	影子赋
149	面对一扇透明的窗户
150	安　静
152	车上小坐
153	隐身术

154	磨　坊
156	钓鱼，也是杀生
158	爬石阶上西风寺
160	西风禅寺（组诗）
169	词语身份的构建与故乡记忆
	——叶邦宇诗歌笃论（金肽频）

蓝,有两手

蓝,注定是给辽阔的
大海不够辽阔,再给天空

无论浪花跳起来,还是星辰坠下去
都证明——蓝,是有弹性的

有弹性——蓝,就可以
一手抓着空间,一手抓着时间

像一朵火苗,一手抓着风,一手抓着灯
像一脉传承,一手抓着蓝,一手抓着青

像一双眼睛,有一头抓不住时,就流眼泪
像一枚苦胆,抓住不放时,就会挤出苦汁

2018.1.4

一念之间

其实,我们都是
活在一念之间

其实,我们活得很可怜
常常被念头左右,身不由己

其实,我们过得很惶惑
不知哪一念成善,哪一念成恶

有人跑庙,有人去教堂
佛说一切是空,上帝在倾听人们祷告

可我们,依然活得像尘埃
即使心如明镜,蒙上灰尘,还得自己擦拭

可我们,依然摇曳如烛火

即便耶稣亲手点亮，我们双手，也难护住风吹

这飘浮的肉体，日日奔波
七情六欲，总在一念之间摇摆

好在还有家园，还有灵魂
在生的路上，护佑；在死的途中，陪伴

2022.2.18

望　天

那些云朵，被我看久了
就有神秘的东西
整个天空，仿佛它
最捕风捉影，形迹可疑

地球，被我坐久了
就感觉它在转动
感觉我坐不稳——

就害怕它从我屁股底下
滚出去，成为一颗流星

想想自己坐在地球上
是一粒最小的尘埃，附着在
一粒稍大的尘埃上

就担心,这两粒尘埃,悬空飘浮
在这无边无际的宇宙里
随时可能被一阵风——吹开,吹落

2022.3.4,3.10定稿

天，罩着人间

白天，太阳是王
东升西落是王道
王道一变，天下皆变

夜晚，月亮是长老
一颗星一个部落，一颗流星
是一颗星跨出了原始社会

人人，都会望天
有人静观星辰
有人仰天长叹

世间，哪有天梯
一步登天，上天摘月

黑云压城，好歹天塌不下来
人间，全靠天罩着
人间，永远不会，被天压扁

2013.9.24
2022年大年初一改

你发呆,就是给神自由

有时候,你需要发一会儿呆
让目光呆滞
让思绪,乱飞
让神,走失

这时,神像一个梦游的人
不要去喊醒他

这时,神,是出去散散心
不要急着去找他
他自己会回来

神,一直都不自由
一直都被我们的身体囚禁

你发呆,或走神

就是给神——自由

2022.3.3,3.27改

潜　行

我用苜蓿，喂马
在黑夜来临之前
用寂静，包裹好它的四蹄

因为今夜，是一次潜行
它的奔驰，要神不知鬼不觉

遇到狼群，或悬崖
也不能嘶鸣

饮水或迷路时，也不要
打响鼻

甚至不允许它的两眼
和毛色，像平时一样发光……

2022.2.26

一匹唐朝的马

"春风得意马蹄疾"——
如果这骑马的人,是我
我要——先看杨贵妃,再看长安花
先去华清池,后找酒家
这样,会遇到李白
这样,准醉

等我一觉醒来
马不见了

这匹马
至今没有找到

也许它
也在找它的主人

2021.2.20
2022.3.27改

十二匹母马

十二匹母马
把青草抱在怀中
用十二种毛色示爱
它们的蹄声
是草原的乡音
它们的奶汁
是草原的宝贝

十二匹母马
扬起前蹄
会让苍天,掉下大雕
低下头来
致使青草,散发香味

它们一怀孕

草原万马奔腾

2007.2.3

动物博物馆的鹰

多安静,仿佛天空
摘下的一枚勋章——

死亡,也是一种荣誉

失去生命,还继续把飞翔
静止在身体里
失去天空,仍不改变
俯冲的姿势

2017.4.13
2022年大年初一改

过　坎

竹筏和划盆，现在只能躲在湾子里
鸬鹚再饿，也不把鱼，私自吞进腹中
网再小，有时也能网到十几斤大鱼

只有野鸭，自由自在，无束无管
当鹰，从天空，冲下来时
它才惊恐地打水漂一样，一路踮着水面飞跑

八卦称水为"坎"，我把渡水，叫过坎
那一次，帮我们渡湖的竹筏，横在水中
就像坎卦的阳爻——

四周是水，蹲在这一爻上
我以阳克阴，只是湿了鞋底
过坎后，岸上就响起人声和狗吠

2022.2.28

枪

那时候,随便把枪,当弹弓打
枪口冒烟,鸟儿和子弹,却总飞不到一块

越瞄准——手、眼、心,越不配合
完全不像一个人,睁一只眼闭一只眼看其他事

和平年代,邪恶,可能逼正义扣动扳机
作为警察或军人,只希望——子弹,永远压在弹匣里
枪,永远只擦不用,只瞄准不射人

2017.4.8
2022.2.4改

空　山

空山，要怎样才算空
如果鸟鸣掏不光寂静
如果涧水从山顶一路下来
没人管他是厌了山中隐居
还是为了诱骗落叶私奔——
一座山，是不是会在空与不空之间
心神不宁，摇摆不定

大风里，草木跟波涛
谁是空的真迹——
在山与海像互换时
彼此能不能换掉自己的老字号

风声，到底是人间的什么东西
为什么有人害怕它紧起来
它一紧起来

像不像好人捆坏人
它一紧起来
坏人堆里,是不是就要发生
鱼给虾子
穿小鞋

空山有雾,与一个人有误
或有悟
是不是云彩
一脚踏空了

2013.9.24
2021.5.29改

静止的装饰

房屋是静止的，树木是静止的
以及空闲的田野，还有远处淡淡的山……

——在这些静止中
我看到成群的雨在移动，互不相干的几把伞在移动
烟从烟囱的顶端，斜着向更高的方向移动
一辆汽车有些沉重地在树木和房屋之间
忽隐忽现地移动，一些十分耳熟的声音在移动……
它们从天上、从屋里、从火中、从嗓子眼里
从时间的某一个钟点、从纵横交错的管道里
被搬出来……

在这个清晨，我所看到的这些移动——就像是
那更广阔、更强大、更稳固的

静止中的一种

装饰

2003.10.14

山东炒货

我喜欢买她炒的花生
匀称,肉白,香酥
不夹生,也不老火

买半斤,就想小酌
饮半两,就唱起《沂蒙山小调》

买三次,就不会去买别处的
学三次,也变成了临沂口音

现在,她一见我
就说老乡来了

2022.2.28

与一个朋友说

这样好,不相见
还是二十年前的形象

不相见,彼此看不到
对方老了的样子

见一面,就失去了
二十年的陌生

二十年的陌生
是一张纸,是一个谜面

见一面,就捅破了
就没了悬念

2022.3.4,3.27改

戒　酒

从现在开始
我欠杯子的酒
不打算还一滴

我欠自己的醉
也打算一笔勾销

多年的酒友
我欠你的
都记下吧——

每一笔，都是我
克制的酒瘾
也是你，提不起的酒兴

原谅我，我用白水，跟你碰杯

我用余生,跟酒妥协

2022.3.3,3.7定稿

一次在东门河坝闲游

河水躺在河床里
温驯地,接受风的按摩

不远处的大桥上,车辆往来穿梭
一座桥,仿佛要架空人世间的
熙来攘往,奔波忙碌

抬头见两只鹰,展开的翅膀
半天都不扇动——
像我在梦中,张开双臂飞翔

再高处,是几朵南去的白云
地上很难找到这样悠闲的事物
飞过南园村,它们将不知所踪

我相信,这世间

真有闲云野鹤一样的人
只是，还没有遇见

2022.2.28，3.27改

没事，就望望天吧

望望云，它飘浮的样子多么淡定
一点也不焦虑变黑，一点也不担心失散
被风吹送，一点也不像我们被世事推着

望望星，它们也是一盏盏送行或等候的灯火
只是我们看不到，那遥远天空，隐匿的人
流星，就是一盏灯，从天上一路照到人间

还可望望闪电，望望天空裂开的样子
天空裂开时，那巨大的响声，就是雷鸣
从裂开的缝隙中，我们也许瞬间能窥见天堂——

但缝隙合上，跟闪电一样快
除非你眼神如电

如果你觉得这些太高、太缥缈，就望望飞鸟吧望望天鹅、大雁，望望鸽子、喜鹊……
它们的飞翔，从不干预世事和星辰
却暗暗传递——宇宙自然的神秘信息

2022.2.18，3.27改

在高速上开车

猎豹每小时110公里,我跟它差不多
在高速上,开车,如同骑马

不要把车,当作一匹赛马
你不是经过特别训练的骑手

不要把车,当作一匹逃命的马
后面,并没有追杀的人

也不要把车,当作一匹邮驿的马
传递战报或圣旨,那是古人的事

如果你非要把车,当作马
也不能把一路行驶,当走马观花

如果你非要把车,当作马

就把自己和车，比作青梅竹马

在高速上，可以把开车，当成骑马
但不能把一路奔驰，当成天马行空

2022.3.12

野地里

听风吹一只倒在地上的空酒瓶
越吹,越像是一个古人在吹埙

越听,越像这个古人喝醉了

呜咽之声,断断续续——
是因为失恋,还是因为遭贬

他的遭遇,让我隔着多少朝代
生出同情

2020.1.15
2022.2.18定稿

一块瓷片

一只破碎的器皿
装过从前的食物或水
装过主人肚里的
那块天

时间稍稍晃动一下
它便显得
那样危险和脆弱

2002.10

秘　密

如果守口如瓶的人,是个贪杯的人
那秘密,就是一瓶酒

如果守口如瓶的人,是个口渴的人
那秘密,就是一瓶水

如果守口如瓶的人,是个寻死的人
那秘密,就是一瓶药

2021.6.10,6.16定稿

一个人倒着走

一个人倒着走
仿佛用旧了身体的正面

为配合他,所有静止的事物
随他慢慢前移

脚跟,在学着脚尖
背影,在学着迎人

他这样走,不会迎风流泪
但同样看不到背后的刀子

他这样走,照样狭路相逢
照样冤家路窄

他这样走,到底是后退

还是前进

他这样走,没人说他走错了
时间或河流,从来也不会倒走

他并不觉得自己了不起
最终,还是转过身来——

因为他实在找不到什么
来学一双眼睛

2015.4.24
2022.2.15改

烧开水的人

烧开水的人
在雷雨到来之前
收他的柴
在这夜幕将落的
傍晚
烧开水的人
不再坐在炉前
他难得换一下姿势
他的铁锹被雷声
越擦越响
而越来越亮的闪电
也把他急于躲雨的柴
逼出了一股松树的香味

2003.3.26

原始森林

仿佛听到坎坎伐檀声
这还不是最早的伐木
最早的伐木工,留下的
树桩和脚印,已成化石

那么粗大的树,是怎么切断的
化石,也揭示不了这个谜——

兽骨和石器,太钝了
金属,还深埋在矿石里
冰,既脆弱,又不锋利
闪电,他们不会用,也不敢用

我猜,极可能是用绳子锯断的
用绳子锯木,也会摩擦起火
因此,他们会一边锯,一边浇水降温

没有水时,就用小便

他们有足够的体力和耐力
他们锯断的绳子,又用来打结记事
用来拔河,用来捆兽,也用来捆人

也有人,想不通,就地取材
拿它上吊

2022.3.12

树桩的年轮，被斧头啄了一口

一截粗圆的树桩，刚刚锯过留下的
年轮清晰，木香可闻
可惜被斧头，啄了一口——

这是伐木者随手所为
树桩，仿佛要拖住斧头
斧头，仿佛在啃咬树桩
伐木者无意中，将两个对立
或敌意的事物，组成了一幅图

——这应该是一个立体几何图形
它的角，也许是锐角，也许是钝角
但不会是直角。角的度数，纯属缘于
伐木者的一个信手举动，却暗含某种宿命
正是这些角，露一部分斧刃，藏一部分斧刃
——像这把斧头的獠牙

整个斧子,斜立在树桩这个平面上,像侧影
一根木头做的斧柄,却不知自己无意中
成了杀伐同类的帮凶

这幅图,不能深解——充满着
矛盾又诡异的外观和内涵

2022.3.12

注定要在这个树桩上坐会儿

一棵树,走了
留下了她的年轮

我看,是留下了她的
指纹——

不知她与伐木者
达成了什么契约

现在,她正好供我
小憩

风吹来,整个林子
响起了簌簌的树叶声

这一生,我注定

要在这个树桩上坐会——

不会早一点，也不会晚一点
就在这个年龄，这个时间

2022.3.13

劈 柴

我劈柴，是为了闻松木的香味
我沉迷于，这种香味，被斧头剖开

这就是金克木，木生火
这就是农家的五行

尤其是雪花初飘时，在农家小院内
劈柴的人，往往就是这家的主人

劈柴的声音，会一直传到院外
有时，会被一节木柴咬住

这种声音，仿佛
直接贯穿了生活的纹理

2022.3.4，3.7定稿

鸟　巢

我看到的是
风，在摇着鸟的摇篮

我摇晃一棵树
也是摇着鸟的摇篮

我看到的是
一个母亲，怀里抱着的襁褓

有鸟巢，就是一棵树
有了孩子

有鸟巢，就是一棵树
有了心窝

鸟巢，一棵树的

绣球和锦囊——飞翔，就是她
抛向天空的殷勤和妙计

2022.2.19，3.27改

鸟　鸣

摇一下树，鸟鸣
就像雨点一样洒下

去深山，茂林修竹中
鸟鸣，像隐者吹响的口技
隐者的草舍，也像鸟巢
他们互相羡慕，互相模仿

趁晚归，万千草木
正等鸟鸣，从高空衔来暮色
在它们落入窝巢时
有一声好听的滑音

要听鸟鸣
就要去掉杂念，耳边不能有杂音
心中不能有浮躁，眼里只能有天地

听着，听着，你就会感觉
身上有翅膀，心中有苍穹

2022.2.18

书与鸟

不是我打开书
是书在展翅
阅读,就是一本书
在飞翔

我用天鹅
来形容阳春白雪
那小小麻雀
是不是就是下里巴人
这么说,雅俗共赏
也就是天鹅加麻雀

我想——
一本书,被反反复复地读
不是倦鸟,就是候鸟
神秘的宗教,一定是凤凰

诅咒的文字,莫非是乌鸦
哲学是鹰,思想
就是鹰朝猎物的一次俯冲
当然,诗歌
未必仅仅就是一只雎鸠

有人写书,像养鹦鹉
有人读书,读着读着
就把斑鸠读成了鸽子

我希望我合上书
是一只鸟在梳理羽毛
或者是一只啄木鸟在啄食虫子

我不是天空
但我相信天空爱上一只鸟

也是手不释卷

2011.12.14，12.17改

想飞的树

因为常常,有鸟飞来
让叶子们,也感觉自己是羽毛
让树,也暗暗产生了飞的想法

时间久了,叶子克制不住,想张开翅膀
树,也克制不住,想飞——
这是一个很不现实、很危险的念头

在阵阵秋风中,果然它
一次次试着起飞

所幸的是一次次起飞的失败
终于让它掉光了叶子,死了这份心

如果树能飞起来,这么大的鸟
一定会遮天蔽日

如果所有的树飞起来
天空,显然不够用

真正的鸟,失去家
或失去落脚的地方,是小事

2022.3.10,3.12定稿

山中偶遇

我遇到一位樵夫
我不认识他,他的柴刀别在腰上——
像在月亮上刚刚磨过,有草木的汁液和香味
有它的砍伐声在一座山中被树木的伤口咬住的回音

我与他擦肩而过时
他的眼神,闪着柴火一样的燃点
也藏着树荫一样的阴凉
像我个子矮小的舅舅——在砍伐一棵枯死的
松树时,身上也一定落满金黄的光线和松针

舅舅一生不知砍过多少树
有火烧的、雷劈的、毛虫吃死的
却从来没有砍过开花的、挂果的、乘凉的
以及有鸟巢或蜂窝的树——看看这些树
他自言自语、面带笑容的样子

倒像看山的人，不像伐木的人

2021.9.29
2022.2.9改

泊　湖

喜欢水天相连的样子
一条小船，漂在湖心
垂钓的人，有时看看浮子
有时看看湖面飞过的野鸭和白鹭
被他放回水里的鱼，也许等痛消失了
又会重新咬钩

泊湖的鱼，可以游到长江，好养，也好吃
喜欢银鱼，蒸鸡蛋或炖猪肚，也喜欢毛鱼炒胡椒
青虾，可用作模特，让写生的人模仿齐白石——画虾
湖里的虾，任何人都可以吃，也买得起
没有齐白石的虾，卖得贵，长得快

泊湖的蚌，一到满月，会打开壳，吸收月华
它产珍珠，连痛，都蕴涵珠光宝气
若在泊湖里，种一片荷花，青蛙会跳到荷叶上喝露水

采莲的女子，会撑船到田田的碧绿的叶子间，约会
　心上人

我也想在泊湖里养一条船，手划的，只游湖，不捕捞
如此浮游水上，那才叫漂泊

2022.2.14，2023.5.22定稿

亚灌木

一只鸟落上去——缩着脖子
羽毛蓬乱的样子,更加深了苍凉

这只鸟飞走了,一个孤独行走的人
也离去了——便只剩寒风、残雪
和一颗落日,与它做伴

要不了多久,这些
也将先后离去

孤寂的它,最终只好
生出绿色的叶子,陪伴自己

2022.2.19,3.27改

野　草

火焰，喜欢你的枯干
牛羊，喜欢你的碧绿

疾风，喜欢你的茂盛
马群，喜欢你的辽阔

泥土，喜欢你的根须
炊烟，喜欢你的灰烬

露珠，喜欢你的叶片
星群，喜欢你生在天上

而我，只要是喜欢你的
我都喜欢

2018.10.31

一片树叶的缘分

要捡起一片树叶
需用鞠躬的姿势

无论游走的人
还是翻书的人

有的落叶,并不急着归入尘土
在这世间,她还有别的缘分

2018.10.8,10.9定稿

一枚枫叶

拾走一枚枫叶
就像是流水带走落花

无边落木,哪一片叶子
最有缘分——这是哲学
也解释不了的偶然和必然
佛说缘分是云,道说是"造化"
凡夫俗子,很少去想这些问题

说她幸运,那只是我们的想法
她未必就喜欢这样的结局和安排——
不腐烂,不成埃,经年保持着固有的红
像一片压扁的火焰,仿佛这本书
需要她取暖……

2012.11.24,2021.5.27改

有一片松林，就是四季如春

喜欢松树的——青翠、平凡、坚韧
在我的家乡，山，就是平地上的一片松林

有一片松林，放牛的孩子，就能让牛吃到露草
上学的孩子，就能吃到松针上甜甜的蜜

有一片松林，金黄的松毛，就能喂饱炊烟
长满鱼鳞的松果，也能治好关节痛

有一片松林，女人就能在雨后，采到新鲜的蘑菇
男人就能在地面，挖到补地的草皮

有一片松林，蜘蛛，就能网到银子
月亮，就可约到姑娘

有一片松林，拉二胡的人，就有擦弓毛的松脂——

胡琴，就有自己喜欢的琥珀；农闲，就有自己喜欢
　　的曲子

有一片松林，走了的人，就有安身的地方
烧香的人，就是在延续香火

有一片松林，就是四季如春
即使春天不在；即使雪，压弯树枝

2022.2.13

老　屋

那一树桃花
还在自开自谢

那一处燕窝
还在等候燕子

那一把生锈的锁
还在等人去打开

那一副破损褪色的春联
还残留年味

我试试看，果然门头上
还摸到了一把钥匙

2022.3.4，3.27改

春花，我最喜欢兰

春花，我最喜欢兰
生在空谷，喊一声，回音，都有香气

为了闻香，我不去离得最近的四面尖、香茗山
也不去远点的天华尖、将军山

它们都没有春兰最喜欢的深谷
都没有我，最想喊到的香气

为了不把春兰的香气，喊淡，喊散，喊俗
我想去最远、最大、最深的峡谷——

那里兰花，最深、最冷、最高洁、最幽静
离人烟和山峰最远，离激流和雪崩最近

那里兰花，花、叶、香，三美俱全

气、色、神、韵，四样皆清

那里兰花，只配云和鹰，欣赏
只有探险家和野生动物，闻香

那里兰花，自选地方，自开自赏，自留种子
不怕泥石流掩埋，喜欢雪的覆盖

为此，我决定去怒江、澜沧江、独龙江三大峡谷
高黎贡山、碧罗雪山、担担力卡山，都有我想要的
　　回音壁

我要让整个三江流域，都听到我的喊声
让所有峡谷的兰香，都被我的回音，收藏

在"东方大峡谷"，我会多喊几声

因为它是世界上最长、最神秘、最险奇和最原始的
　　大峡谷

这些峡谷的兰花，我都不配靠近，我只能对着峡谷
　　大喊
只能让回音去流连，让回音带回她圣洁的芳香和神韵

2022.2.13

我的守园人

我希望你春暖花开时候来
那时候,我的果园梨花已白得像雪了
守园人,会在一片芳香中,念他的诗
他会引你,找到我,他会要你看他写的诗

他写的诗,你一定要认真看
一定要知道,在你看他的诗时
他的心是怦怦跳个不停的
他的神情是恭谨端庄的
不要让他怀揣的期许失落
从你的眼神和表情里,一定要让他
看到一个人对诗歌的热爱和敬仰
看到一首诗的尊严和希望
千万不要流露出一丝蔑视或嘲笑
想想自己,想想我们每个人
刚开始写诗时,不都是这样

如果你实在做不到，就委婉地把目光和话题
转向他看守的梨园，微笑地对他说——
你要是写梨花，肯定会写得更好

2022.2.17

问谁见过一江春水愁

他愁——
是不是一只鹭鸟,就做了瓷壶
一只漩涡,就做了杯子

他愁——
是不是一见江风,就添皱纹
一遇行舟,就生白发

若只这点出息
他何不试着
不往东去
再试着
不往低走

2013.10.8

凝视铁钩上挂着的水滴

它挂在铁丝弯成的钩上
像一粒焊在上面的银子

这是考验水的凝聚力
是用悬浮诠释刚柔并济

年前挂过腊肉、咸鱼和香肠的
钩子，空得不再有年味了

空得只能挂着
一粒初春的水

2022.2.9即景写于手机上

流　水

是用来缝制大地的
那些大大小小的江河和溪涧
有的粗线，有的丝质

一条河流穿过拱桥和日月
就像穿过针眼
不管大地是布衣，还是锦绣
都有流水的针脚

长河，这根长长的线
一针，就从大别山，引到长江
它的岸边，我的故乡
就像一粒缀在祖国身上的纽扣

2018.11.15
2021.5.29改

黄河上游

我数了下,有十三具皮胎
活着,聚在一起,就是一群羊

筏子客说,他这是在黄河上放羊
这些羊,也像在草地一样,被黄河抱在怀中

在黄河上游就是这样,用青青的草,喂活羊
有些羊死了,还得继续用黄河的波涛和咆哮,喂它们

这些在黄河里喝水和泅渡的羊
就是曾经在草地低头吃草或抬头望人的羊

它们可记得是谁曾在身边挥动鞭子,吼着秦腔
又是谁将它们的身体掏空,只留一张整皮

2018.1.7,2022.3.27改

《伏尔加河上的纤夫》
——为列宾画配诗

11个人,逆流而动
他们的力量,必须大过一条河流

这是一根粗糙的绳索
拴着11头挣扎的野兽

这是一条母亲河,紧紧
拉着她一群苦难的孩子

如果这不是一艘船,而是一个国家
如果这不是一条河,而是一段历史

2012.2.7
2022.2.19改

坐下来听一条河流讲故事

把手伸向水里
就当是我和眼前的这条河流握手吧

河流,你好!现在我
想听你说点什么,你就说说你自己吧——

说说自己的曲折和深浅
说说自己的来头,也说说自己的奔头

说说哪一座城给了你一个码头,哪一座山
送了你一匹瀑布

说说你那头猛兽冲进过谁的家园
为什么狠过石头的你,却狠不过蚂蚁

说说漩涡磨出的苦,磨出的甜

说说人吃没吃鱼，鱼吃没吃钩，水是载舟还是覆舟

也说说从此岸到彼岸——哪条河不是泥沙俱下，鱼龙
　　混杂
一个人往哪边走，是顺流还是逆流

最后，你就说说背纤的解缆的、游泳的投河的
说说现在为什么那么多河流——

谁把谁拉下水
谁与谁同流合污……

2010.12.1

长　河

花亭湖的水，平时舍不得用
长河可以为下游，支一点

经过电站时，所有的水都得充一次电
不管是交流、直流，都不能断流
长河一旦短路，不是涝，就是旱
长河一旦有溺水或投河的，就会跳闸

流到滚水坝，水，便聚成平湖和瀑布——
相信湖底有鱼虾，不相信有龙宫
相信龙山夜雨好看，哪次借宿观音阁，好好看看
相信岸边灯火辉煌处，吃夜宵的男女全是活人
其中不会有一个是从附近龙珠山下来的烈士……

长河值得在这里流连，因为再往下去
河滩就要露出窘态和破相，河水将会变得又闲又懒

而被它洗过的沙子，现在却像金子一样金贵
常有买沙的人，去找偷沙的人
常见警察拦下拉沙的车，没见警察拦下长河的水

采砂船被取缔后，那些深深的沙坑
留给了游泳的人、钓鱼的人、浇水的人、洗衣洗菜
　　的人
其中，有人下水后就再也没有上来……

2021.6.14
2022年大年初一改

在滨湖湿地公园,眺望巢湖

空旷的湖面,只有波浪不倦地随风涌动
这些波浪,就像是反复地清扫湖面
也像是反复地搓洗湖水——

我且把它看成是风的纠缠
不,应该想象是这座湖的百感交集
——她仿佛无颜面对蓝天白云,仿佛羞愧
没有管好自己的河流,没有养好自己的水

远处泊着一艘清淤船,像一台净水机
等我下次来时,水,也许碧绿了、清澈了
也许能看到,湖畔芦苇和树木的倒影

——我相信,这时间不会太久
够我打一条捞垃圾和蓝藻的小船

2022.3.9,3.12定稿

搁　浅

我怀疑这条船，是被这条河
疼到了岸边
更怀疑，它是被那条小路
牵上来的

从此岸，到彼岸
来来往往的
皆是匆匆的过客

从此岸，到彼岸
船夫，只负责渡河

真正的摆渡者
还在修行

现在,这条船——
像河流丢下的一只勺子
也像船夫,晒在岸上的一只鞋

2016.10.12
2022年大年初一改

逝　者

从前那些走水路的人
在汽笛声中挥手
溯流而上，或顺江而下
从一个码头
到
另一个码头

他们搭乘的
轮船
好像从江面消失了

至今，我还收藏了一张
旧船票

2008.3
2022.2.14 改

倒　影

一只鸟
在水中飞

后来有一群鸟
在水中飞

它们飞到岸边
就消失了

它们就像
飞到了天边

2008.10.16

倒影,就是量子纠缠

一只白鸟
贴水而飞

只要不起风
她就能清晰地看到自己的分身

只要不击打水面
她的分身,就不会像中枪落地一样

看起来,她的分身,像飞在另一个平行宇宙
若真是这样,那她看到的,就是自己的灵魂

2018.4.27
2022.3.13改

磅　礴

从来是大海的一碟小菜——
一朵浪花,像一粒盐
一片帆船,像勺子

一阵风,就能把海水烧开 ——
就能把礁石煮出味道
就能让磅礴,沸腾起来

一头巨鲸拱出脊背
顿时让大海的磅礴
露出了一角

2018.12.4
2022年大年初一改

雨　夜

植物的颤动——
皆是在瞬间，用不同的形态
对应不同的雨点和雨声

反光的叶子
映衬夜的黑暗
和雨的光滑

此刻，我正在看窗外
雨打芭蕉

2006.11.18
2022年大年初一改

雨　丝

是一滴雨在奔跑
是一滴雨在跳水

由于速度太快，以至于我们
把一个点当成了一条线

一滴雨的真相
只属于点，不属于线——

就像一场雨的缝隙
只属于雨，不属于雨声

一滴奔跑的雨，很容易被绊倒
一滴跳水的雨，很容易起水花

2018.11，2022年大年初一改

梅雨天

我无法把雨和阳光分开
阳光板壁无缝,雨却疏如筛子
它们合在一起,真正叫
有板有眼

我穿行其间
说不清偏爱谁

只是一路走一路想——
这一对冤家
是有情,还是无情

如果用一颗梅子来形容
它们哪个是梅子的酸
哪个是梅子的甜

2010.8.29,2022年大年初一改

一张旅途的旧照片

为了留住一点时光
是谁让那列飞驰的火车
停在了纸上

那里坐着看书的人不是我
我早已下来了
空位,留给了数不清的
后来人……

等他们一个个,也陆续地
从这些位置上离去
等无数次窗外沿途的风景
一闪而过
等那本书慢慢变旧
那列火车也慢慢变旧,直到
开不动……

我也慢慢变老了
老成了现在这样

老得已经忘掉了那趟火车的
起点和终点

老得如今的我,和那车上的我
几乎不敢相认

2010.6.26

要说醉,我不如纸

要说醉,我不如纸
要说迷,我不如金

纸喝酒,一页是小杯,一本是大杯
纸要贪杯起来,那一个图书馆才叫海量

如果"欠条"先生
是借酒解忧
那离婚证、判决书、通缉令……
就是一个个醉鬼、酒疯子

一张白纸,是滴酒不沾
涂改或擦去墨迹、颜料……
是纸想换酒喝
或喝高了,想吐

烧一张纸，是纸，醉成灰
那一个人最后成灰，是不是也算醉

2013.10.7
2018.11.18改

我要……

我要一条道走到罗马
再条条大路回到中国

一路传经送宝
栽花拔刺

沿丝绸古道分开西风累倒瘦马
在撒哈拉喝回自己三泡尿

遇到烽烟就大喊：滚回去战争
滚回去敌人

一个人把脸嵌在长城垛口
眺望昆仑，从万里江山放下落日

让高原仰止，江河流回雪山

在葛拉丹东返璞归真

记得用青铜打造汉文,也打造洋文
为华夏立传树碑

经过长江和黄河就放阴阳鱼去大浪淘沙
五行不正便不让鲤鱼跳龙门

末了归来,仍坐进小茶馆
吃特产粗茶,听乡音国粹

占山不为王
落草不为寇

2008.11.14,2010.12.1改

草原上

一只蝴蝶，飞在花丛里
像一朵花迷了路
像一朵花在梦游

这只蝴蝶，一定是喝多了马奶酒
不知哪一片花，是她的部落
哪一朵花，是她的毡包

牛羊和毡包散落的草原
感觉到处都相似

偌大的草原
仿佛她的梦境

她，正寻寻觅觅、左顾右盼
却不知，一匹马正飞奔而来

她比那些花草，幸运
她躲过了马蹄，不像那朵花
还在马蹄印里挣扎

2021.9.14
2022.3.10定稿

穿皖南隧道

一列动车钻进隧道
像用一截卷尺

丈量捷径

2018.3.24
2022.3.27改

听夜风

那是在舟山群岛,海浪被五个岛屿
推来揉去,硬把一艘艘渔船,推到港湾
波涛翻滚,浪花,就像要跳到星子和灯火里去

那是在五指山,闪电就像是从指尖放出的
好在雷声被手掌挡着,滚到我耳边时,只是隐隐的
仿佛再无力把夜色,推向更远

还有一次,就是在内蒙古草原,一群狼的嚎叫
惊起了马嘶,也惊亮了毡包里的灯光
狼眼朝向夜空时,只有星星敢跟它对视……

已过去多年,是这场夜风,又让我联想起这些往事
仿佛从前的这些游历,就是为了让我,形容今夜的
这场大风

2022.2.18

我爱上了……

我爱上了远——
或者干脆说我
爱上了陌生,爱上了比陌生
更莫名其妙的新鲜

我用想象去爱,用肢体之外的盲目
去爱——爱得像水中的流云
爱得像镜中的花香……

测不出去向和距离的爱——
只有文字和文字之外的空白
只有声音和声音之外的
回味……

我爱上的等待
取决于自己——

时间,可以是一时
也可以是一生

2010.6.7
2021.5.29改

近

我爱的人,有时候离我很近

近得她像一块金子
我像一个小偷

近得,她像一头小鹿
我像一个猎手

2006.6.16
2022.3.27改

在我心情不好时

这时候,我不想说话
请让我一个人待着

静静地,伤害自己——
只为值得的,留下伤痕

2008.10.6

我想从背后抱你

我想偷偷地从背后抱你
你不看,就知道是我——
只用你的手心
就知道是我的手背
只用你的耳朵或颈项
就知道是我的呼吸
就是我不出声
你也能闻出我的气味
就是隔着衣服
你也知道是我的心跳
倘若我故意不让你
感觉到我的轻重——
你也知道,这是我
弄出的疼……

其实你用不着转身——

除非你也想拥抱那
从背后抱你的人……

2012.2.11

你不来,我稳不住自己的心
——又是中秋

你不来——
明月只会升得更寂寞
明月升到哪个树梢 ,寂寞
都像影子一样无法擦掉

你不来——
水,稳不住月光
月光,稳不住阴影
我,稳不住自己的心

还有桂花,忍不住自己的香
蟋蟀忍不住自己的鸣叫
我也忍不住自己的老

2011.9.8
2018.11.5改

有种美

有种美,是细碎的
细碎得像阳光的颗粒
细碎得如眼泪的结晶

细碎得你只能用针尖去挑她
细碎得,你挑她时
甚至迷上她的闪烁和痛

2021.5.29
2022年大年初二改

突然想写一封这样的信

想写封信,用天边的一角
写给无名氏:这是一个陌生人

时光飞逝:就用这只鸟的羽毛做笔
每一字,都像飞鸿踏雪

全是草书,让看信的人觉得字迹潦草
觉得想念,就是这样的一丛灌木

全是担心和叮咛,让看信的人觉得有点婆婆妈妈
觉得写信的人,原来也是这样一个心思很重的人——

天气已经转凉了,树叶开始落下来
为大地加衣。记得:温暖是冷出来的

记得,别像月亮一样熬夜,它和星星

都是熬夜的命。你的命是萤火虫

还有,不到走投无路,可别忍痛割爱
人生和爱,毕竟都不是韭菜

总之,多保重。情长纸短,不尽微忱。
野旷天低,不尽依依

落款:两隐
注:阅后付丙

2014.8.13
2022年大年初二改

信

喜欢"信唇"这个词
拆开一封信
就是信,开口说话

用剪刀剪,用手撕——
像写信的人急着说
更像收信的人急着看

拆一封情书,偷偷摸摸的
手、眼、心,急忙慌乱

他曾向暗恋的人
寄一张白纸

2018.3.24
2022.2.11改

好色之徒

秋风在一枚落叶上停不住
有了霜,菊花像施了粉黛

在众色中——
白被白鹭带到了牛背
也被云朵献给了蓝
而蓝,却是众色的头顶
高高在上,罩着四方——像草头王
枫树在红道,蟋蟀在黑道
黄,似乎欲将大地
黄到骨子里——每一根穗
都是粮食的脊椎
橙挑橘子,紫选葡萄
山做调色板,水做洗笔池……

写到这里,我不敢再写

我怕再写，就要把秋天写成一个
好色之徒

2011.10.17
2022年大年初一改

秋天疼出的苍茫

一树落叶,是被秋天宠坏的
她还疼了别的事物
她的疼,无厘头,小样的
使人想喝小酒
使草木生出嫉妒

水和天,一色起来
她就像是疼手掌手背
哪一个不争气时,那模糊的白鹭
就是她扇出的耳光

秋色,似乎也是她好的一口
如果斑斓,是一棵树饮到微醺
那落木萧萧,就是一座森林
醉在西风怀里

这么说，荻花，就是远客
看到的酒旗
孤烟，乃是羁旅者欲投的酒肆

这么说，我终于知道山水为什么
一再苍茫
我终于知道苍茫
是怎么回事

2013.9.17，9.20改

如今的秋天

秋天，你越来越没力量凉起来
越来越没力量擦去这些蝉声

是夏天租赁了你
还是大雁和树叶，行贿了你

一只蟋蟀，像我一样等了很久
等秋雨绵绵，也等落叶萧萧……

2010.8.8
2022年大年初一改

孤　雁

此刻，它就隔在我和苍穹之间
它必须不停地扇动翅膀，仿佛在天空
擦掉自己的痕迹

北风快要跟来，云彩，不许它落脚
星辰又离得太远，地球完全不理睬它
自顾自转动

我也只是仰头望了一会
我发现，它与那些低飞的鸟群
有所不同——

它飞得像一只不停晃动的指南针
在大别山上空，天的无边，正把它的孤独
缩成一个快要消失的黑点

2015.4.26

午 夜

现在只剩秋虫的鸣叫了
它们醒着，与我的区别是
不为什么醒着

在无边的黑夜里
它们的鸣叫，和我的不眠
互不相干，且离星空遥远

2006.8.27
2021.6.11定稿

黄　昏

不说嘈杂，我只说整个黄昏
吵吵嚷嚷的孩子们
也是众鸟闹林

丝竹管弦一齐上
夕阳移得像玉盘
落下又弹起——
大鸟是大珠，小鸟是小珠

至于——那些大呼小唤声
也是大珠小珠
落玉盘

你听，炊烟
像不像它们的余音

2013.10.1，10.6定稿

天蓝得让我想飞

哪怕飞高三米
哪怕半空停三秒就摔下来

天蓝得让我
想用脸贴一下,用手摸一下
蓝得让我走在地上
因为飞不起来,好磨人,好无助

这是上帝撑开的帐篷
上帝像在郊游,心情一定很好
仿佛他——没有什么垂怜

2018.10.30
2022年大年初一改

月　光

是水蒸气做的
是白云变的魔术
是月亮祖传的工艺

月光碰响月光
那是月光在水上
月光交融月光
那还是月光在水上

阴影，是月光在打瞌睡
风，就像是要推醒它

云层每磨损月亮一次
月光就随之黯淡一次

2018.11.10，11.27定稿

什么是晚来天欲雪

就是红炉配黑炭
天气配白雪
小酒配暮色
召之即来者
成醉客

雪,落白身,落白头
不知道拍去,就是醉了

满身雪,一定是雪花
多于雪子

2018.11.13
2022.3.28改

雪

买羽绒服时,雪,还在云里
有的云,正在孵雪子;有的云,却是在孵雪花
这些云,都是雌性的
孵出了雪,就有母性

母亲喜欢用雪洗手,洗脸,洗杯子,洗牙齿……
她说雪最干净,比肥皂和牙膏还好用,比盐和糖还
　　好看
雪化前,母亲会封一坛子屋顶的雪
开春后,这是我们家最清、最旧的水

2018.11.9

下雪了

天空像一台碎纸机
灰暗的云层里
仿佛有
涉密的情报或信息

观赏雪花的人
像大地上的线人
或密探——

他竖起衣领
缩着脖子离去时
更像

他回头望时
有几个人，像是

跟踪

2020.1.15
2022.3.10改定

我不敢堆雪人

我怕把他
堆成了我喜欢的人
堆成了我想念的人
堆成了我可怜的人
堆成了我感恩的人
堆成了我伤害过的人

我怕把他
堆成了我寻找过的人……

堆得越像
我越不敢堆

化得越快
我越不敢堆

我甚至用雪堆一条狗，也不敢
我怕它，成了我养的宠物

2022.2.8，3.28改

深夜听雪

让我听到一个人的脚
吃雪的声音

像一个熬夜的人
嚼方便面

像他的行走
很饥饿

一路的脚窝
是他留下的牙印

越听,越感觉这个人像
曾经在风雪中行走的自己

2022.2.19

命

一个人的生辰,是不能选择的
也许命,拿不定主意时,让你在前世抓阄

现在看来,我的手气平平
出生时,怪不得哭了

接生婆很粗糙,她草率地剪断了——
我与上一个轮回的联系

那一刻,亲人只关心我的下身。我不知道
母亲是怎样侧过疲倦的脸来,看她身上掉下的肉

一个平凡的人闯进世间,是不会惊动天地的
从这天开始,命运预先就画好了轨迹——

我做的一切，不知是纠正，还是偏离

2015.4.19
2022.2.4定稿

在路上

我在看一个放学的孩子
踢一颗石子——

我想起另一个孩子
他布鞋前面的
洞……

他们为什么都喜欢低头去
踢一颗石子

像要把那路上遇到的石子
踢回家

2004.5.22

灯

有些灯,像闪烁不灭的星
总让我想起那些点灯和持灯的人
想起他们的身子和巨大的影子
在光亮中晃动

那些火苗,从一根火柴
传到灯草或灯芯上
在风中被一只手,小心呵护

仿佛这灯光,也是省出来的——
习惯把灯芯降到最低
把吹灯的时间提到最早

半夜点灯时,会听到咳嗽或开门声
有人吵嘴打架,有人半夜归来
还有,牲口或人,生产、生病……

这些，都需要灯光去照顾——
哪怕灯火很微弱，很短暂

2018.11.25
2022.2.4定稿

我爱上的银针

爱上一根银针——
是因为爱它划过的黑发和白发
爱它不小心戳痛的手指

我把穿过针眼的,说成千丝万缕
把挑出来的痛,当作是
肉里的刺

揉一次眼睛,也是挑一次灯芯——
一根银针,它知道怎样
让光明打起精神

有时在寂静的夜晚
我还依稀听到——我爱上的银针
它拉响麻绳的声音……

2010.9.16 2018.1.6改

夏天的树荫

这是树冠抱住的一片阳光——
只是用夜晚的颜色染了一下
用月光浸凉了一点
不打皱,不起毛,不沾屁股
也提不起,吹不走,烫不破
铺在地上,轻薄,耐磨,不用管
歇工的人,过路的人,下棋打牌的人
游手好闲的人……都喜欢往上坐——
一坐下来,就抽烟喝茶,就唠嗑,就娱乐,就扣脚丫
就想睡觉,就不想走

要开工了,要赶路了,要散摊了,要回家了
起来总是不情愿,总是懒懒散散的,总是要拖延一下
想把没说完的话再多说点,没听完的故事再多听点
没吹够的风再多吹会,没睡好的觉再多睡会
爱干净的人,起来时,会拍拍屁股

大家都离去了,没人把它带走,也没人能把它带走

只有中暑的母亲,还坐在它的记忆和痕迹里
    "十滴水"也排不出一滴汗,扇子和南风
也扇不开她的毛孔……

2022.2.4,3.28改

乡村的雨

在乡村,雨一落下来,就能闻到泥土味
泥土就有糯性,就有成人、成兽和成物的冲动

不愿穿胶鞋的人干脆光脚板,溜进趾缝的泥,止
　痒,治脚气
每块地,都可雕塑,或做版画,不用学,天生就会,
　哪个都会

鸡、猫、狗、鸭……在雕塑或作画时,也会引来鸟
凑热闹,鸟以为要用上笔,于是嘴里衔着一根树枝……
它们所雕所画的,一到纸上,都成仿品或赝品,不要
　买,也不要送人

牛蹄窝积满水——水黾会嫌上面滑冰太小,于是留给
　其他小虫
动物们也常用它做喝水的容器,这种容器也可能

哪天会被打井的或考古的挖出来,成为文物

不仅如此,雨,还可以刻画乡村很多人事
比如——及时雨,下得就像听说书、看电影

2022.2.4,2.19定稿

生死,也不过是两次手术

"人生除了生死
其余都是擦伤"

就是生死,也不过是
两次手术

从产科医生
到死神——

一个是,从一个人的生命里
取出另一个人的生命
一个是,从你的身体里
取出你的灵魂

因此,你活着,有个生你的母亲

你死后，就是自己灵魂的母亲

2022.3.3

落叶归根

故乡——
就是这个词的
最后一个字

就是死了
也要到土里去
找它的根须

2018.11.12

火　葬

可以让走了的人，更快升天
可以让冰冷的人，还有温暖
可以把永别的人，抱在怀里

棺材，缩成小木盒
守灵的人也不会怕
以后黄土里再也挖不出白骨

更重要的是，身体
不会因失去了灵魂，而腐烂

2022.2.15改

手　心

握手，是心贴心
握拳，是指连心

鼓掌，是跟自己击掌
击掌，是跟别人鼓掌

贴心事，是拍胸脯
痛心事，是拍桌子

握刀柄，可以披荆斩棘
握笔杆，可写锦绣文章

大人物，用它吓小人物
如来佛，用它吓孙悟空

起茧，脱皮，出汗

照样抚摸,握手,打耳光

生命线,爱情线,智慧线——
最后摊开手掌,给你看手相的是死亡

2018.11.21
2022.2.21改定

穿　越

不能像隧道一样穿越
就像铁钉一样穿越

不能像江河一样穿越
就像针线一样穿越

量力而行
见机行事

如果自己是一根钉
就不要去对付一座山

如果自己是一根针
就不要去追求流水的深远

有钉头和线脚一样的

抵达,就够了

人这一生,有多少事
成也野心,败也野心

2021.6.15
2022.2.21定稿

影子赋

1
影子为什么老跟踪我
我怀疑,是不是自己做了些
不能见光的事

影子怕是始终学不会跟踪
在黑暗的地方
他就把我,跟丢了

2
不要用影子来形容
跟你形影不离的人

如果他真的爱你的话
不会一遇到黑暗,就离开

3
也不要说你喜欢自己的影子
你若喜欢，你不会
总把它踩在脚底

4
其实影子，它的存在
只能证明你遮蔽了一部分光明

其实影子，本身就是
破碎的光明

5
一个人身上
有过去的影子

一个人身上
有前世的影子

一个人身上
有另一个人的影子

一个人活在世上
本身就是个影子

6
有些影子，缘于光明
有些影子，缘于时间
有些影子，缘于虚无

7
喜欢白云飘浮时

落在大地的影子

喜欢历史远去后
留在现实的影子

8
喜欢一座山峰的影子
一边迎朝阳,一边送夕阳
最好两边,散落毡包和吃草的牛羊

喜欢一座沙丘的影子
为一支慢慢走着的驼队,盖住飞沙

9
我的影子,最无用
只因它,对我从不构成威胁

才没想过要摆脱它

10
不想摆脱它,是对的
因为一旦你有这种想法
就会发现,它是最难对付的

就会感觉,摆脱自己的影子——
比摆脱任何东西,都难

2017.12.31
2022.3.28改

面对一扇透明的窗户

玻璃,干净得就像空无
它混淆在阳光和空气中

而声音,就像是模仿光线的穿透——
这一点,风无数次的尝试
都无法做到

如果不仔细分辨,在我的目光穿过它时
它伪装的不存在
是那么逼真

2010.1.30

安　静

喜欢一个人,静静坐着——

像一杯水,静静沉淀自己的杂质
冒热气,说明还活着
闭上眼,也感觉自己水一样透明
移动身子,同样感觉像移动杯子一样
怕有什么晃荡的东西,泼洒出来——
越担心,越觉得这种晃荡的东西
就是浮躁

一个渴望安静的人,对自己身心的摆放
和防护——仿佛一个渴望健康的病人
难免有点举止不适

一旦安静下来,安静,反倒变成了
自己的一种警惕

和不安

2016.11.5
2022.2.15改

车上小坐

细雨,就像是把玻璃落破了
这不仅仅是透明带来的错觉
这也是错觉带来的透明

正如我此刻的静止——我看不见
它的速度,它,只是它依赖的运动
让我产生的幻觉

一只飞鸟,再高也高不过自己的飞翔
天空即使再复杂,它也能保持平衡——
它收紧翅膀的瞬间,好似宇宙的一个
小小秤砣,停在某个准星

2016.10.7
2021.5.29改

隐身术

我看见一只天鹅,正飞越花亭湖上空
比那朵白云,飞得低,飞得快
我希望她飞进那朵云里,再也不出来

——等那朵云消散了
也看不见她

我知道,从前有神仙和方士
做过这种事

2022.3.13,3.14定稿

磨　坊

一头驴，被蒙上眼睛
从来都是磨台不动，磨盘转动
黄豆磨成浆，麦子磨成粉

雪花在外面飘
仿佛也是磨出来了

饥饿时，漩涡
也被看成磨眼

饥饿时，石头
也都似乎想成为磨盘

碓房，磨坊——
一个朝粮食磕头
一个围着粮食转

从前浪费没有机会
如今饥饿，却成一种养生和奢侈

2023.5.23

钓鱼，也是杀生

一条鱼，吊在鱼钩上活蹦乱跳
就像是对它实施绞刑

一条鱼，与世无争
在水里活得好好的
只为了找一口吃的
却落得如此下场

对鱼的痛苦，钓鱼的人
一点感觉也没有
鱼的下场，正是他
渴望看到的

钓鱼的人，从来也不认为
钓鱼，就是杀生
吃鱼的人，也不认为

被鱼刺卡喉,是鱼的报复

一条鱼,被钓,被杀
被烹,被吃
显不出人的善恶

一条鱼,多么可怜
就是用刺报复,也得
等到死去之后

2021.2.26
2022.3.28改

爬石阶上西风寺

我上山时,遇到一个和尚正下山
我背着相机,他背着布袋

我面向山顶的西风寺
他面向山脚的花亭湖

我上山去,观景,摄影,拜佛
他下山去,采买?化缘?布道?

一上一下,一个迷恋红尘的人
与一个看破红尘的人,擦肩而过

六贼斩断,他在空门中修行
六根不净,我在红尘中修行

他死了,叫圆寂;我死了,叫去世

我们都不知道转世后，成什么

一路拾阶而上，只见人踩石头，人坐石头
不见石头踩人，也不见石头坐人

直到山顶，发现很多石头，不能踩，也不能坐
它们不是佛的信徒，就是成了佛

你会看到，有几个石头，就是先把自己
修成青蛙和狮子，再成为佛门弟子

2018.1.4
2022.2.21定稿

西风禅寺（组诗）

晨　钟

凤凰山的晨曦，是钟声释放的
敲钟的人，敲响的是山顶的旭日
钟声的颜色，就是天边的那片胭脂红

敲钟的人，早起后，总把自己洗得干干净净
钟，在寂静时，也不停止回声

敲钟的人，很认真
仿佛把这撞钟，当作——捣药

听到钟声的人
也仿佛闻到了苦味

暮　鼓

鼓槌落上去的时候
夕阳和花亭湖
也在震动

相比晨钟，击鼓
是为了让天空出现更多星辰
让夜中的花亭湖，出现更多灯火和涟漪

击鼓的人，有时仰望夜空
把星星想成小鼓，圆月想成大鼓
他一时找不到鼓槌

木　鱼

许是立地成佛的人
削了它的鱼鳞

许是念经人，一声声敲打
使它，失去腥味

山脚下的花亭湖
有人垂钓，有人放生

而它要游动
也是在苦海里

流　云

有时低下来
擦凤凰山的殿堂和佛像
它擦佛像和殿堂时
也是和尚
和尚下山后
也是云

山风，会随手把一朵云
递到菩萨手上
菩萨，会随时把某个僧人
云一样遣往四方

也许云的修行
就是慢慢飘散

夜　雨

敲窗的时候
香炉石，是谁
还在焚香？

春韭又剪了一次
山间竹笋，冒出多少根
香，就有多少根

一只青蛙，拜成了石头
一只蛤蟆，也拜成了石头
这更使我相信：石头，也有菩萨心肠

古刹如琴：一阵一阵雨声
高山流水，也被弹成梵音

谁在山麓见到落花,谁就是香客
一枝花凋谢,乃一根香燃尽

雷　电

看人间纠葛
也如看这天上根须

闻众生疾苦
也如闻这空中霹雳

相信神明就在头顶三尺的人
这时断不会对天发誓

慈航普度——就是

让上船的人,也成划船的人

夜　空

也有一座庙宇
新月,或残月
翘得像大殿的飞檐

稀疏的星星,有如香火
越静谧,越像是
有人在天上供奉菩萨

兴许半夜,老虎洞会出来
一位老僧——可是五祖弘忍
抑或住持天通

月已西沉，凤凰山的狮子还在望月
我突然起身——
我坐的"百忍石"，也是一尊佛

冬　雪

一场雪，只会在这儿
盖一个更大的太白棋室

下雪，可如下棋
一片雪，落地就化了，可是悔棋

倘若夕阳，是黄昏的一次落子将军
那狮子望月，便是与太白对弈时的举棋不定

2017.4.30，2021.5.24改

注：西风禅寺，建于唐代，原名狮子庵，位于安徽省太湖县城北花亭湖风景区凤凰山山腰，为佛教禅宗五祖的道场。

西风禅寺景区又名西风洞。西风洞由一石壁立、一石斜覆其上而成洞，洞口朝西，风从口入皆为西风，故名西风洞。相传五祖弘忍曾在洞中修炼，故又名"五祖洞"。

景区内有老虎洞、香炉石、百忍石、青蛙石、金蛤蟆、太白棋室、狮子望月、高山流水、西风夕照等自然和人文景点共二十多处，错落成趣。

词语身份的构建与故乡记忆
——叶邦宇诗歌笃论

金肽频

诗人叶邦宇在中国诗坛是个性的存在,他的诗语言隐秀而富有张力,注重意象的营构与深层意义的建构,在文化认知中追寻隐形的精神家园,以坦露的真诚进行诗的叙事和故乡书写。并以诗歌的想象不断拓展诗意的空间,然后再完成自己的诗学命题,因此,这样的诗歌创作值得诗坛关注并加以研究。

越过词的沉默的地平线

叶邦宇的最新诗集《蓝,有两手》,有充满想象力的命题:他的被诗意浸润过的两只手,一只手属于词语本身,词语蕴含有意象的原始本能,并在延伸与生发中,越过了沉默的地平线;另一只手,沉浸于诗人自己的思想中,拥抱乡土,拥抱土地隐喻下的"太湖意象",还原到人类的家园意识中,使诗歌空间产生枝繁叶茂的情境。蓝,无疑不是简单物理意义或自然世界的"蓝",自然界的原生色经过诗人的心灵蕴化之后,已是其情感运行中的思想色彩,在诗歌的"蓝"色中,我们看到了诗人情绪的深沉、回味与赋形,诗性的螺旋上升与复杂提升,"以我观物"的感知方式,在诗人的客观体验中,回归到精神内视点:"蓝,注定是给辽阔的/大海不够辽阔,再给天空…/像一朵火苗,一手抓着风,一手抓着灯/像一脉传承,一手抓着蓝,一手抓着青"。这是诗人叶邦宇关于"蓝"的定义与描述。诗句中自我情思的凝定和隐秘情绪的再现,在诗人内质意蕴的突显之后,让读者感受到心灵迹化,这是诗歌本质的表现需要。这种蓝,"像一朵火苗,一手抓着风,一手抓着灯",主观与客观、追寻与坚守,物我二元的感知方式,由于诗情的拽揣,彰显出诗人的超经验体验。叶邦宇运用胡塞尔空间诗学思想的"意向性"原则,阐释一种生命真义:"像一脉传承,一手抓着蓝,一手抓着青",这已完全进入诗人主体的情境思考,心灵的投影与回声可闻可触,由"蓝"而生"青",由"景语"而变"情语",在对自然色彩的感悟中掀起了思想上的缤纷反应,这只有情知合一的真性情诗人,才能达到词语意义的超越,在意象的尽头,让我们看到冉冉升起的词的"地平线"。

  叶邦宇的诗非常注重词语的精选与打磨。一首好诗,首先在于词语的组合,当然了,不是词语越华丽越好,而是以词语最为朴素的姿态,抵达诗歌思想的核心位置,敢于突破语言的传统范式,赋予词语以新的修辞含意,这样的诗歌才会有激扬人心的欣赏效果。如《一匹唐朝的马》《流水》《伏尔加河上的纤夫》《动物博物馆的鹰》《十二匹母马》《望天》《穿越》《影子赋》《暮鼓》《穿皖南隧道》《亚灌木》《在滨湖湿地公园,眺望巢湖》《深夜听雪》等诗,在语言情知合一的本体探索中,突破了常规语言的表现性,追寻理趣的丰盈、诗情的旷远,尽可能在琴弦之外看到知性的追逐和趋来。尤其叶邦宇一些具有小品味道的诗歌,虽在诗集中不占多数,但有着不能忽视的分量。入诗的事物皆为日常所见,但融进了诗人思想的成分,立即转化为具有暗示力的诗歌意象,诗人坚持意象就是深度的原则,对意象进行陌生化处理后,诗歌语言发生了质的改变。"一条河流穿过拱桥和日月／就像穿过针眼／不管大地是布衣,还是锦绣／都有流水的针脚"(《流水》),这是一种哲理的蕴含;在《伏尔加河上的纤夫》中,诗人有对于历史情绪的独立思考:"11个人,逆流而动／他们的力量,必须大过一条河流／／这是一根粗糙的绳索／拴着11头挣扎的野兽／／这是一条母亲河,紧紧／拉着她一群苦难的孩子//如果这不是一艘船，而是一个国家/如果这不是一条河，而是一段历史"，这完全是在心物契合的时空语境中，对于历史意象的重新描述。叶邦宇在这样的思考中，打开了诗歌本体的多向思维，引发了读者对诗歌本质的新的感知。因此，这一类理性充盈的小诗，虽在诗集中不多见，但绝对是值得读者、批评家关注的一批作品。

  叶邦宇在写诗的过程中，极善于将诗思还原为感觉再融入意象。在情感和意象融合中，他不以直觉方式，而是运用意象、思想、情绪的三位一体，通过理性的深加工后，让每一个词语显得蓬勃、生动而又鲜亮。如《深夜听雪》："让我听到一个人的脚/吃雪的声音//像一个熬夜的人/嚼方便面//像他的行走/很饥饿//一路的脚窝/是他留下的牙印//越听，越感觉这个人像/曾经在风雪中行走的自己。"诗人使用独特的诗性感觉，将雪夜行走的脚步，与熬夜的人"嚼方便面"的动作，超远距离地想象关联，不但增加了"节奏和语言的质感"，而且释放出"意义的光晕"，使景、物、人三者在有限的空间里完成思想、情感和意象的融合。再看《想飞的树》："在阵阵秋风中，果然它/一次次试着起飞//所幸的是一次次起飞的失败/终于让它掉光了叶子，死了这份心//如果树能飞起来，这么大的鸟/一定会遮天蔽日"。"阵阵秋风"具体可感，"起飞"却是一种存在哲学，诗人赋予物以飞翔的欲望，可谓意物合一，人神同游于太宇，作为充满生活理想的诗人，实际上他一直都在找寻着非现实主义的"大树"。"树"在诗中变成"这么大的鸟"，非凡的想象力将静态意象转换为动态意象，词与词之间有了一种呼唤性的力量释放出来。日常事务的修辞意义被否定了，诗歌语言就产生出强烈的暗示作用，在词的反常、含蓄与淬炼中，我们看到，词语作为诗歌意象的载体，已经越过了沉默的地平线，开启了一种"言说"和"追叙"模式。

土地隐喻下的"太湖意象"

在叶邦宇诗集《蓝，有两手》中，有相当数量的诗篇为故乡而书写，呈现出太湖的集体意象。生于斯长于斯的诗人，在追寻诗意的外向拓展与精神世界的漫游之后，始终将诗歌的内视点投注于脚下的大地。这是昌耀式的朴素坚守与故乡情怀，是太湖山水引以为豪的诗歌"在场"，也是叶邦宇作为诗人的记忆符号与精神叙事。仅他在以下这些诗中，《乡村的雨》《孤雁》《午夜》《深夜听雪》《在路上》《我爱上的银针》《我的守园人》《长河》《西风禅寺（组诗）》等，故乡大量事物景象或风土人情，诗人都是从巴什拉的认识论出发，以诗歌元素构建了"太湖意象群",隐喻在这片特殊的土地上。百忍石、香炉石、青蛙石、牛蹄窝、花亭湖、天鹅、有鸟巢的树、晨钟、暮鼓等,这些叶邦宇诗歌中的"太湖意象",凝结了诗人对于故乡土地的深沉情怀与独特感悟,他根据自己的人生经历,阐释诗学思想中的"童年与家园"命题,借助想象力发出精神的召唤,冀望与读者一道在诗歌中探寻到回归本真世界的途径。诗人在具体的写作手法上,非常注意意象的描述、扩展、质疑和组合,让不同时空语境中的读者,能够分享到诗歌整体隐喻的场景意义。叶邦宇另一些关涉故乡题材的诗,则包含有诗人与环境互动的美学体验,如《安静》:"像一杯水,静静沉淀自己的杂质/冒热气,说明还活着/闭上眼,也感觉自己水一样透明/移动身子,同样感觉像移动杯子一样/怕有什么晃荡的东西,泼洒出来——"看似是一种静坐,实则是诗人在整个诗中与读者有着共享的精神体验。人处于安静之中，就是一杯杯的水，是个静静沉淀自己的过程。这里包含着诗人的隐喻映射，也承载了诗人的内在意绪，在轻淡的语言描述中缓缓释放出来。叶邦宇有关太湖的故乡意象，皆不是简单的意象编织、串联或罗列，他是以自己的亲身经历作为源域，将习以为常的事物映射到抽象、深邃的理念和范畴之中，借物喻人，借景壮志。因此，这些普普通通的故乡意象，在诗中并非单纯的语言符号，而是承载了诗人无限情思，在意涵丰沛且有现实味的描绘中，散发着诗的自然力量。

词的终极身份与符号叙事

列维纳斯曾说："所有艺术，甚至是声音响亮的艺术，也都是在创造沉默。"叶邦宇的诗歌，不是靠动静与响亮取胜，他对所有词语的追求，都是小心翼翼地，将这些词语当作意象本身的一种或多种呈现，用"意象"这把钥匙，来扭动"鉴赏"的锁孔，迎接读者的进来。因此，我们阅读叶邦宇的诗歌，总能体验到在词语的传统意义之外，有新的意义被他悄无声息地改写——这就是诗歌词语的终极身份。

诗歌作为一门"言说"的艺术，中国古代文艺论著《文心雕龙》中曾有表述："是以'在心为志，发言为诗'，舒文载实，其在兹乎！"因此，如何将"心志"言说为诗，是对每一位诗人的考验。叶邦宇的诗《望天》："地球，被我坐久了/就感觉它在转动/感觉我坐不稳——//就害怕它从我屁股底下/滚出去，成为一颗流星//想想自己坐在地球上/是一粒最小的尘埃，附着在/一粒稍大的尘埃上"。地球，在诗中已成为一个绝对不平凡的意象。诗人坐在上面,"地球"在"所指"之外,又有了新的"能指",人与物的意象构成二重性,形成"时间意象""哲学意象",融合了"地球""我""流星""尘埃"多重"能指"的意义。这是美国诗人艾略特善用的象征手法,曾令无数读者着迷。在这首短诗里,我们除了发现有多层意涵之外,还可感受到诗句的极富情趣之处。诗人现实精神的纠结与焦虑,在地球那"一粒稍大的尘埃上",已真实地触发了精神的另一种寄托,并以艾略特式的意象方式呈现出来,实现了对生命诗学的阐释。

  诗歌除了意象意涵的掘进之外,能否让意象充满诗的活力,使诗的空间不断加大,也是决定一首诗成败的关键。我们来看叶邦宇的另一首诗《流水》:"是用来缝制大地的/那些大大小小的江河和溪涧/有的粗线,有的丝质//……长河,这根长长的线/一针，就从大别山，引到长江/它的岸边，我的故乡/就像一粒缀在祖国身上的纽扣。""江河和溪涧"在诗人通天的想象力中，变成了"粗线"，且为"丝质"，但究竟是怎样的线条与纹理，诗人故意不说，尽由读者去完成想象。这根"线"是天地之间的使者，不但"缝制"了大地山河，也"缝制"了"一粒缀在祖国身上的纽扣"，"江河和溪涧"因为"缝制"这一象征动作而与祖国发生了直接对话，这符合"发生学原理"。诗人超越寻常的想象力，决定了词语的深度，当然也推进了诗的深度，由此可以说，《流水》在叶邦宇诗集中是一首具有代表意义的典型作品。

　　为了构建诗歌词语的终极身份，隐喻是必然且必要的手段，从叶邦宇诗集中我们也可大量看到，隐喻已是现代诗歌不可或缺的技法。他有着运用隐喻的丰富经验，时常以具体情境下意象意蕴的常态与变异，反复交替进行，使意象的隐喻意境呈现不同面貌。如《乡村的雨》："在乡村，雨一落下来，就能闻到泥土味/泥土就有糯性，就有成人、成兽和成物的冲动"，乡村的泥土里隐喻了多种事物的物义，并且出现了哲学转向。这两句诗里的隐喻，映射生动，开放多义，给人以多层次的思考。再如《隐身术》："我看见一只天鹅，正飞越花亭湖上空/比那朵白云，飞得低，飞得快/我希望她飞进那朵云里，再也不出来//——等那朵云消散了/也看不见她//我知道，从前有神仙和方士/做过这种事。"诗中的"天鹅"无疑是诗人精神记忆的一场"事故"，在修辞学视域下，我们看到叶邦宇的隐喻寄含在词汇的多个层次上，无论是情感认识还是形象表达，你看，"天鹅"最后飞进了云朵，再也没有出来，这存在有两种可能的结果：一种是永远处在云朵之上，在人们的视线之外；另一种是受

"神仙和方士"的诱惑和屠宰。因此,这个词语的隐喻就不是简单或枯燥的,是丰盈而惆怅、真实而虚幻的复调。当诗人将诗歌语言诉之于人类精神的"终极关怀"时,隐喻的特质已十分接近于哲学。我们再以叶邦宇的《暮鼓》为例:"鼓槌落上去的时候/夕阳和花亭湖/也在震动/相比晨钟,击鼓/是为了让天空出现更多星辰/让夜中的花亭湖,出现更多灯火和涟漪//击鼓的人,有时仰望夜空/把星星想成小鼓,圆月想成大鼓/他一时找不到鼓槌","鼓槌"一词增加了隐喻的创造力。在现代哲学上,隐喻不单单具有修辞学作用,还具有认识论和本体论功能,叶邦宇这首诗中的"鼓槌",肯定也是认识论的,它不是生活中的木质鼓槌,专用于敲击牛皮鼓面,现在这只"鼓槌"需要敲击的是天空,诗人要用它敲响"圆月""星星",但最后又突然丢失了这只"鼓槌",究竟它在哪儿呢,需要读者一起帮助寻找吗？其实，这些都不需要答案，属于"诗性智慧"的写作方式，隐喻可以有效地促进读者与诗人的心灵对话，在不断地转换中，早已生成新的诗意。

叶邦宇诗歌的最大特点，就在于用词语来烘托意象，用隐喻来激活词语，从而创造出既简约明澈，又纷繁醇厚的感性诗歌。诗人以具身性认知，在本然的直觉中将"我"与世界联结起来，在诗人的主体意识之外不断地发现着新的身外之物——也就是新的意象载体，其中的诸多意象指向人格的定位、价值、自由乃至人性的构建，从而使诗歌成为通达精神故乡的一种可能。

（金肽频，当代诗人、作家、艺术评论家。中国作家协会会员、北京师范大学兼职研究员、安庆师范大学兼职教授。）